노을이
아름다울 무렵

田園 **최전엽** 시집

지구문학

— 노을이 아름다울 무렵 —

| 시인의 말 |

등단 16년에 다섯 번째 시집을 내놓습니다.

천학비재한 제가 열정 하나로 9순 나이에 거둔 초라하지만 풍성한 추수라 생각하면서 나름 감사와 기쁨이 넘칩니다.

멀리 삶의 주변을 서성이며 낮은 곳에서 마주친 하찮은 것들을 사랑하며 깨달으며 배우며 늦었다 할 때가 이르다는 말씀 사뭇 실감나게 합니다.

저녁노을을 바라보면서 지난날 마지막 강의와 지도로 사랑과 격려 아끼지 않으신 시인 김우섭 선생님, 함께 공부했던 새얼 문우님의 사랑과 우정 두고두고 잊지 못합니다.

등단과 더불어 한국문인협회에 가입하고 문학 활동 길 열어주신 지구문학 발행인 편집주간 金始原 선생님께 베풀어 주신 각별한 사랑과 도우심에 감사드리며 과분한 평설 써주신 김재엽 박사님께 감사드립니다.

존경하는 지구문학 선생님들, 감사합니다. 무명이지만 시인이라 불러주신 신앙동지 모든 님께도 감사드립니다.

2022년 12월

田園 최 전 엽

7

차례

1부

2부

차례

3부

4부

— 노을이 아름다울 무렵 —

$1_\text{부}$

센트럴파크 호숫가에서

파란 하늘이 내려와 흰 구름 띄우고
소나무 숲이 물구나무서서 찰방거린다
물목을 거스르며 노니는 송사리 떼
그래, 맞아
우울憂鬱씨가 물가에 오면
아름다운 또 다른 세계에 홀려
풍덩 몸을 던지는 거였어

맴도는 풍경 공중에 그리던
턱이 흰 물총새 하나
갑자기 수직으로 몸을 내리꽂아
물고기 한 놈을 낚아채 간다
어!! 번개 먹이사슬
하늘이 먹먹해진다

눈 깜짝 그 물새 또 날아왔다
똑같은 모션
수면 얼굴 박살내고 건진 부리 끝에

호수는 얼떨떨 또 한 놈 내주고 만다
아, 맞다
숨 탄 두 새끼 어미였어

물왕리勿旺里* 두루미

물왕리 저수지
발 담그고 앉은 두 바윗돌 위에
청년 두루미와 미스 물왕 두루미가
마주 보고 한없이 뭔가 탐색하고 있다
조형물처럼 미동도 없이
노을이 물들 때까지

서 있기만 해도 고결한 삶의 가치
팔랑개비 행지行止는 뱁새나 하는 짓
숨겨둔 비밀 하나 갖는 것도 매력인가
둘만의 속내 꿍꿍이 감추고
끝없이 우아하게 마주서서 탐색전만 벌이는
두루미 한 쌍 물왕리에 있다

*물왕리勿旺里: 경기도 시흥 소재

16

아름다운 아암도兒岩島*

누구는 사랑하는 사람에게
아름다운 섬 하나 주고 싶다 했다더만

망망한 바다 수평선에 돌올한 솔섬 하나
닁큼 떠 안겨주실 내 님은 없으신가

노을이 불타는 고향 갯마을
지척에 두고 헤어진 지 생의 끝자락에서

야아~ 호호~~
손나발 악 써 외치면 닿을

그리운 섬 하나 갖고 싶다

*아암도兒岩島 : 인천 앞바다 작은 섬. 매립으로 인하여 육지
    와 이어짐

유심有心

경부고속도로를 지날 때마다 생각나는 그 님
산을 뚫고 바위 깨 강을 질러 다리 놓고
자연은 살리면서 시간을 벌면서
반듯반듯 정지整地된 황금벌판 새마을
한 폭 그림 농가에 풍요가 모락모락
무심無心히 창밖 조망眺望으로나 지나치고 말 일 아니어라

구름 뚫고 하늘 찔러
도전과 개척정신 레미콘에 버무려 올린 마천루
곳곳에 큰 글자 現代HYUNDAI
한 시대 날까말까 영웅 걸출의
초인의 의지와 불굴의 뚝심이 신화를 만들었네

포켓몬처럼 주머니에 넣다 빼다
손 끝 하나로 온 누리 고금왕래가 손안에 쥐락펴락
그 괴물단지는 던져도 깨지질 않네
세상에 일류로 우뚝 세운 巨人정신은
시대가 바뀌어도

無心 속에 함부로 흘려버릴 수 없네

눈길 끌지 못한 곳에
절로 나 당차게 널려 사는 토박이들
싸리 억새 까치밥 꿩이밥
어느 날 물 건너 날아온 미친 가시박 넌출
병거처럼 무섭게 덤벼 휘감는데
無心코 놔두고 볼 일인가

딸나무

외진 담 모롱이 딸나무 보면 왠지 슬퍼진다
딸이라면 어머니가 있을 터이니
어머니와 딸 사이 뭔가 숨어있는 사연이 있을 것 같다

화려한 붉은 꽃들 많은데
잎 사이 드문드문 눈물 고인 하얀 얼굴
딸나무 곁을 오갈 때마다 안가슴 저려온다

들에 피는 찔레도 꽃잎이 다섯인데
모자란 네 잎이 마냥 수줍은 딸나무
살포시 안아주고 싶다

이름 하나가 모든 것을 말해 주듯
모녀의 슬픔 나누고 가을장마에 젖고 있는 딸나무
살며시 귀 대어 보면 들릴 것 같은 깊은 이야기

분수

공원 연못가 의자에 앉아 여름을 식힌다
일렬로 나란히 뿜어내는 분수噴水 물줄기가
내 키만큼 오르다 뚝 떨어진다

분수噴水가 분수分數를 아네
이상理想은 오르고 올라 성층권에 이르러도
주어진 삶의 몫 분한 대로 사는 것이 분수

가만히 바라만 보고 말면 아까운 생각 낭비
내가 아는 것 남도 다 알아
분수도 모르는 푼수때기 내가 아닌지

씨를 보면 심고 싶다

씨를 보면 심고 싶다
그 속에 생명이 있기 때문
돌 틈에 떨어져도
내미는 억척빼기 힘이 있기 때문

단지 내 화단 한쪽 봉숭아 씨를 심다
싹이 돋고 잎이 나 정강이 아래만큼 컸다
꽃피고 열매 맺어 톡톡 여무는 날
개미가 물고 가기 전 씨받이 강보에 받아 주리라

드드드 요란한 예초기 소리
마음 켕겨 급한데 승강기는 층마다 정거장
그 사이 잡초로 몰아 싹 쓸어 버렸네

누가 봐도 절로 난 잡생雜生과는 다르고
사람 손길 닿은 것도 분명하게 보임에도
어린 것에 무자비한 전동 칼 휘저었다니

방독면 쓴 인부 중 하나는 아줌마
어릴 적 봉숭아 모를 리 없다
사람이든 꽃이든 키우는 마음은 천상의 마음

씨를 보면 심고 싶다
씨를 보면 받고 싶다

새벽매미

열대야에 뒤척인 방충망 창가에
요란하게 한 곡조 뽑고 간 유랑가수

배롱나무 꽃그늘 맴맴이 활 긋는 현악 놀이 패
술래처럼 숨어있는 짝을 찾는다

입추 지나 처서가 내일 모렌데
우리 한 철 삶은 짐 싸기 바쁘다오

나만큼 바쁘신가
산수傘壽 지나 졸수卒壽가 내일 모렌데

해당화

온 섬이 향기로 가득하네
낙화마저 아까워라 한줌 주워서
유리컵에 띄우니 온 방이 향기롭네
울타리 장미가 여왕이면
개펄가 해당화는 착한 공주
티 내지 않고 잔잔한 물결소리 달이 기우네

마음껏 보고 사랑하고 싶어서
한 삽 떠다가 분에 심어 돌려가며
넉넉한 햇빛과 바람 부드러운 흙심 다독이고
청량산 약수 떠다 뿜이개로 축여 주며
꽃 피어라 잎 피어라 노래했건만

수평선 넘어 떠나고 아니 오는 임 기다릴
그 자리에 내가 있어야 해
난 가야 해
한 사날 몸살 앓더니
오뉴월 서릿발 입술 악물고
풀썩 주저앉아 나를 아프게 갚네

낙엽

오색 바림으로 물들었던 저문 가을날
소설小雪 첫눈개비 서너너덧 날리며
작은 회오리 감겨 굴러가는 낙엽

구르는 것은 구석을 좋아해
담 밑이나 방, 구석에서 도담도담 노는 애들처럼
궁벽한 곳에서 멈칫 주저앉는 낙엽

찬바람 떨며 우는 소슬한 밤
산길 잃은 조난자의 이불이 되어
서로의 체온 안고 밀월蜜月에 들던 낙엽

낙엽 밑에 잠잠하던 수두룩한 봄이
박차고 내미는 새로미와 푸르미
함께 우리가 되고 밥이 되는 낙엽

눈 오시네

눈 오시네
공중제비 날리네

야~ 눈이다~ 첫눈~
늙은 애기 소리 한 단 높이네

어둡고 찌든 코로나 세상
묶인 발목 짠해서 풀어 주려는가
생각나는 대로

소맷귀에 살그미 앉는 육모결정$結晶$ 눈개비
뉘 솜씨 이렇듯 아름답고 섬섬$纖纖$할까

하늘 뵈기 입 벌려 몇 개 받아먹고
아~ 맛있다 엉너리 치던
볼때기 붉은 골목 능청이들

앞서거니 뒤서거니 어렁더렁 다 떠나고
첫사랑 그 때 그 눈 혼자서 맞네

복 짓고 복 받네

비바람 사납게 몰아쳐 와도
문 열고 들어갈 집 있고
풀잎처럼 활짝 품에 안겨오는
어린 것들 재잘재잘 피어나는 웃음꽃
복 짓고 복 받네

조금은 모자란 만큼만 들이고
조금은 잘못함 화火는 끄고 욕辱은 내려놔
맺힌 앙심 뒤끝일랑 다 풀어버리며
한쪽 어깨 부딪히면 딴쪽 팔로 감싸

가진 것 많아서 남 돕는 것 아니네
콩도 두 쪽이니 나눌 수 있어
차타고 내림에 거스름 받지 않는 작은 일
먼 데서 찾지 말고
복 짓고 복 받는 일 쌔고 쌨네

나는 보았네

멀리 달려온 생의 길목마다
복 짓고 복 받는 아름다운 사람을

집콕시대

집콕 조롱에 갇혀
멀거니 창밖을 내려다보네
멀리 가까이 사람 사는 마을에
사람이 안 보이네

구름 짙은 그믐밤 달도 없고 별도 없는 칠흑
소름 돋는 홀 귀가歸家 오솔한 길에
자박자박 따라오는 발작소리 오싹했지만
사람내, 사람소리여서 든든했었지

몰려다니는 참새들은 모두가 짝꿍처럼
먹이 찾는 눈밭서도 물고 뜯는 놈 하나 없네
어느 샌가 사람의 거리에는 대낮도 암흑
화火와 독기로 흽뜨는 야수의 눈초리

그 틈새에서
함께 아팠던 각성各姓바지 이웃들
그리운 사람이 안 보이네

센트럴파크 산책길에서

국제업무지구 G타워 우체국에서 일을 보고
이어진 센트럴파크 산책코스를 낙엽향기 따라 걷는다

파란 눈 젊은이 네댓 명
풍경 카메라에 담으며 뒤따라온다
앞질러가 주길 바람으로 부러 걸음 늦추었지만
영문 안내판 앞에 한참 서 있기도 하며 줄곧 따라만 온다

길목에 놓인 나무의자에 쉬는 척 앉았다
그때서야 도란도란 자기들 언어 속살기며
"하이!" 손 흔들며 미소 앞세워 지나간다

자유분방 서양문화도 노인우대 보인다
젊음어깨 과시하며 앞지르는 무례는 동서 막론
어디서나 스치는 길동무는 전생의 소중한 인연

멋진 코리안 할매는 덤덤하지 않아
만면에 활짝 웃음 띠며 손 흔들어 화답
"하아이~"

고맙네

언제 산새가 물어다 떨군 버찌였나
뉘 손 빌지 않고 절로 커
청량산 푸른 숲에 산벚꽃
바다 건너 공항 잇는 큰 다리*
눈부시게 바라보며 흐드러져 피었네

고얀 것 코로나 바이러스 역병에
요절난 일상 잘 견디고
제때 제자리 제모습 제구실 지켜줘
고맙네

계절 따라 우리 서로 두루춘풍
화사한 자연과 아름다운 구조물의 어울림
어찌 저들만의 봄이라 하랴
뭉치면 죽고 흩어져야 산다는 물구나무 세상

누가 누구랄 것 없이 끼리끼리 버팀목
청량산 산벚꽃과 큰 다리 마주보며

참고 배겨내는 주고받는 메아리
고맙네 참 고맙네～

*인천대교仁川大橋

— 노을이 아름다울 무렵 —

2부

반성

말 잘 하는 구관조는 주인 흉보다가 야단맞고
말 많은 우물가엔 쓸데없는 뜨내기 끼어
심심하면 소드래* 일으켜 물바가지 쓰기도 한다

현란한 말솜씨 변호사 의원님들 말실수 많이 해
공격 받고 뭇매 맞고 손가락총 맞아
취소가 일이고 놀이고 90각 꺾어 사과를 입에 문다

한 많은 파파님
내 편 네 편 공감대도 사라지고
땅 꺼지게 뱉어내는 헛살았다 헛살았다

말머리 뚝뚝 잘라 아교처럼 붙여서
참새 떼 곡물창고 앞에 모여 지껄이는 소리들
귀가 보배라도 뭔 말인지 모르겠네

멍충蟲이 궁글 재간 아직 있어 세상 시비 가릴 수 있고
오늘이 마지막이라면 잠들기 전

입술로 뉘 가슴에 아픈 못질 아니 했나 되돌아본다

*소드래 : 헛소문, 캐니 마니 다투는 아낙들의 소동(남쪽 사
투리)

새 해

아침마다 뜨는 해 새 해
元旦의 해도 그 해 새 해

창세전 크신 님 놀라운 역사役事로
돌아돌아 다시 돋는 새로운 해

내게는 몇몇 벗님 남아 있어
새 해 새 맘으로 연하장 쓴다

묵은 한 해 몰아서 펜글씨로
사랑 넘실 감사 넘실 추억도 넘실넘실

주는 것이 받는 것
내 모기耄期지론

한 잎의 엽서를 기다리는 벗
받아서 기뻐하는 누군가 있다는 것

강남 집 몇 채보다 나는 부자

행복은 멀리 있지 않아 크지도 않아

*모기耄期 : 아흔노인

착한 남자

전후 한 때
나 청춘일 때
무릇 선망의 대상이었던
늠름하고 멋진 육군 장교와
모란 같은 아내의 만남

어느 날 찻상에 차향 깔고 마주앉아
잔 기울이며 아취雅趣에 잠기던 저녁
나직이
그윽이

―그 이혼했다던가 하는
메추라기 같은 깜찍한 당신의 동창 말이요
언니 형부 하면서 자주 오는데
누굴 바람으로 아나
수상쩍은 미소며 던지는 추파
나, 하 불편하고 마뜩찮으니
그 친구 멀리하면 아니 되겠소?

세상에 착한 남자

뒷거울

농수로 따라 비포장 조롱목길
어깨 걸고 팔짱 끼면 숙맥이라도 되는가
산등성처럼 성큼성큼 앞서가는 신랑
가부장적 지배권 첫걸음이렸다

컴퍼스가 길어 저만치 가다 서다 뒤돌아보다
묵묵히 기다려주는 그 선량한 눈빛
순도純度 100의 사랑이렸다
평생 삶의 신표信標로 올려놓았다

오늘 아침
비둘기 한 쌍
꼭 내 뒷거울이다

부평 가족묘원 가는 길

- 어느 전쟁세대

지긋하신 노인 한 분 누구신가 앞서 갑니다
손에 작은 꽃을 들었습니다
미안하오 미안하오
속울음 들립니다

2차대전 6.25 전쟁세대
죽도록 일했지만 고개는 늘 가풀막
꽃다운 새악시 데려다
호강 한 번 못시켜 보낸 한이 있습니다

덧없는 남은 여생 주초酒草로 벗했지만
쑥국새 쑥국쑥국 가슴 도려냅니다
용서하오 용서하오
걸음 걸음 보입니다

부평 가족묘원 가는 길

-板刻

메타세콰이어 가로수 따라
조붓한 인도변 초입부터 봉안당까지
은행 단풍 담쟁이 각 잎 모양으로
깎아 세운 고색古色 판각板刻 팻말

인생은 단 한 번
잘 죽는 것이 잘 사는 것
착하고 아름답게 올바르게 살으라고
살다 가시라고
새겨진 위인 철인 문인
선인先人들의 격언과 시문詩文이
미망의 가슴 메임을 당합니다

낯익은 한 분의 글귀가 눈을 당깁니다

나는 어머님 심부름으로
세상에 나왔다가
이제 어머님 심부름 다 마치고
어머님께 돌아갑니다   — 편운 조병화

부평 가족묘원 가는 길

- 까마귀

까악 까악~
적요를 흔들고
까마귀 하나 날아갑니다

검은 깃 제의祭衣 입고
사자밥 찾아다니는
괴괴한 울음소리

흉조凶鳥라 훠이훠이 내쫓던 날짐승
유계幽界를 떠도는 뉘 원혼인지
묘지에 찾아와 한풀이 울고 갑니다

황금패가 뭐길래

남의 팔 휘젓고 다리 걸어 자빠뜨리고

저가 일등 땄노라 두 팔 번쩍 만세하네

저런, 몹쓸 인간 나부랭이

똥색 패 목에 걸고 구린내 풍기네

TV 앞 애국 노틀 맘들 부글부글

덩치 큰 헐크넘들 반칙이 저들 법칙

먼 먼 얼음 동굴 웅녀熊女 맘도 앵돌아 앉아

한숨 지으며

왈,

눈뜨고 코베이징 올림픽*

*2021 베이징 동계올림픽

국립괴산호국원國立槐山護國園*

이곳에 오면
오던 비도 그치고
뙤약볕도 구름장막이 가려줍니다

양지바른 구릉지 아름다운 동산에
잠든 호국영령 님이 계셨기에
평화의 홍복을 한껏 누립니다

참혹한 전쟁 포화 자국은
곳곳마다 상처로 남겼지만
마지막 괴산천에 고이 흘려보내소서

국화 송이송이 바치는 손길
고고한 향기 그윽이 띄워
모습은 안 보여도 충의의 넋 흠모합니다

애국에 오롯이 목숨 건 한결 삶
내리 이어갈 가문의 긍지

후손이 함부로 시시부지 살 수 없습니다

*국립괴산호국원 : 2020년 충북 괴산군 문광면 광덕리에
새로 조성한 6.25참전유공자묘원. 부평에 임시 안치했다
가 이장함

공짜 사냥꾼

해와 달 퍼 담아 공짜라 마구 먹고 나도
옆구리는 마냥 허전한 보릿고개 생원님들
손때 묻은 도리우치* 쓰고 낡은 배낭 세간 매고
탑골행
구불구불 꼬리잡이 배식 받아 잡숫고
뒷짐 지고 일어나
긴 의자 등받이에 줄줄이 수다를 넌다

ㅡ무슨 재미로 날마다 여기 오시나요?
젊은 리포터가 마이크 댄다

ㅡ재미?
지공도사** 증證 받아 차는 길이요 발이요 숨통
밥은 날품 없이 얻는 삶
봄 꽃내음 한두 잔에 새들 노래 타 마시고
거나하게 취하여 며느리 숭이나 보는 재미?

아등바등 옛 청춘의 어두운 그늘들

48

몰염치 공짜 사냥가마리 찾아

어제 보고 오늘 안 보이면 떠난 인생

*도리우치 : 헌팅 캡(사냥모자), 납작모자
**지공도사 : 지하철 공짜로 타는 나이든 사람

4월, 2020년

- 코로나19

세상을 방콕성城에 몰아넣고 저들 왕국 건설했네
힘겹게 찾아온 봄은 소리 없이
꽃은 또 소리 없이 만발했는데
지기 전 꽃길은 누구 몫인가
걷는 이 없는 텅 빈 길
이 풍진 세상을 만났으니…
희망가 한 소절 흥얼대며
안개길 헤치며 터널을 걷네

4월은 꽃 나들이 손짓하는데
코로나블루, 밀물처럼 넘나들어 자라목 되었지만
성문 앞에 드디어 백신 들고 고하는 기별꾼
자유 앗은 왕국 백기 들고 망할 날 왔다고
사람 없는 꽃길에 보는 이 없는데
걸음걸음 하르르 꽃잎이 웃네
꽃과 나무에도 눈과 귀 있었네

詩人

풀밭에 눈 박고 뚫어지라 찾는다

풀냄새 코 박고 네 잎 행운 찾는다

작은 손수레에 대빗자루 들고

단지 마당 쓸고 가는 미화원 아저씨

"네 잎짜리 찾았시유~?"

오, 그 아저씨 詩人이시다

수레에 詩 한 수 쓸어 담고 가신다

여름 단상

뱀(孕胎)*이 지나간 자리
열음(여름)**이 한창 자란다

밭둑에 팥눈도 넝쿨져 열리고
흙밥 먹고 주렁주렁 달려 나오는 마령서馬鈴薯***

여름밤 보릿대 딱총 쏘는 모깃불가 평상에서
후 후 불며 검댕이 벗겨
아리도록 먹었던 하지감자

농꾼 아재의 땀내가 송송 배인 등바대
별 한 바가지 등물 얹고
푸아 푸아 세수소리 요란하다

울력 품앗이로 모내고 논두렁에 앉아
못밥과 막걸리 사발 돌리는
꾸밈 없고 거짓 없는 그 맛 그 풍경
엄마 따라 먹었던 맛난 못밥

생각만 해도 입안에 추억이 고인다

*봄 **여름 ***감자
  (옛 선조들은 춘하추동春夏秋冬을 뱀, 열음, 가실, 결이라
  했음)

여름 단편 · 1

高興 宋씨 양반 이모님 댁은
대대손손 가문을 견고히 지키고 있다

여름 농번기 한창
順天에서 이모할머니 오셨다고
김매다 달려온 조카 손孫
삼복더위에 버선발로
옥잠화 같은 손부孫婦와
토방에 돗자리 깔고 큰절 한다

─이모할머님
먼 길 오시느라 고생하셨습니다.

가풍의 격조는 윗물부터 흘러내려
시대를 떠나 예의범절 한결같고
살림 포실해
농자천하지대본農者天下之大本 편액 걸어놓고
하늘의 도리 고이 받들며 산다

여름 단편 · 2

미리 알리고 갔건만
얼마 전 시집 온 도시 조카며느리

등 패인 어깨 티*에 맨발
사무라이**처럼 눈꼬리 치껴 묶은 꽁지머리
피라미 종작없이 흔들어 발막스럽다

여름 손님 범보다 무섭다며
항렬 놓아버린 언죽번죽이

본때 없이
민주가 어떻고 인권이 어떻고 연설하네

*T셔츠
**옛 일본 에도시대 무사

－ 노을이 아름다울 무렵 －

3부

이팝나무 터알머리

옛집 터알머리
누가 떠다 심궜는지
이팝나무 해마다 고봉밥 수북수북
어화 둥둥 풍년 든다네

울어머니
소마통 이고 가 고랑배미 거름하고
엎드려 풀매기 소나기 땀 쏟고
얼굴이 퉁퉁 부어 눈 코 입 파묻혔네

울엄마 맞아?
딴사람 같네
얼른 내달아 남새 소쿠리 맞잡고
보고 또 보며 철드네

―얼굴이 한 섬(石)지기나 되는 것 같구나야
과장이나 풍 치는 소린 아닐 것이네
망종芒種 앞서 이팝꽃 필 때면 시절을 점친 곳

땡볕 무서리 갈마들어 함께 늙은 어머니 터알

측량사 깃대 몇 개 팔락이더니
이팝나무 간데없고 빌라가 자리갈이

세대世代 두서너 건너는 사이
이팝은 이태리팝
고봉밥은 고봉산 봉오리
한 섬지기란 어느 섬 지킴이라 하네

가슴

고혈압 신장 심장 만성지병 울어머니
염도를 낮춘 섭생법으로 조섭했지만
맵고 짠 식성으로 견딜 수 없었는지
소금 한줌 몰래 눈치 뿌려 드시네요

"갈 때 가더라도 맹탕은 못 참겠다!"
큰소리라도 치시지 그랬어요
희롱대는 지지리男 멱살 잡던
여장부 옛 결기 간 데 없고
둔치에 한풀 꺾인 상한 갈대 흔들리네요

어머니는 나의 영원히 아픈 가슴입니다

그리운 오라버니

낯선 땅에서
곁뿌리들의 귀화 꾀임과 북송 만경봉호를
단호히 뿌리친 작은 愛國民이었습니다
어머니와 동생이 살고 있는 조국 大韓民國
밥상머리 교육 늘 밥알이 튀었습니다

땅 한 뙈기 없는 전후 가난한 청춘
검은 바다 파도 너머 삶의 바닥 치며
언제라도 돌아가 안길 어머니 품
망망대해 일엽편주 띄웠습니다

순국선열 호국영령 어찌 비견하랴만
어느 하늘 아래서나 大韓民의 얼굴로
당당하고 부끄럽지 않은 삶이면 그것이 애국
力說로 늘 침 튀기신 우리 오라버니

명치끝이 찌잉 울려옵니다

어느 님의 고백

우리 마음의 고향이 어머니이듯이
대신 지켜준 아내가 있어
양지발 담장에 봄 햇살처럼
따뜻했고 행복했습니다

때로는 허풍도 치고 제후諸侯인 양 군림해 본들
한 점 거짓 없는 아내의 진실 앞에 무너질 뿐
神이 없는 곳에 어머니를 보냈다는 말씀처럼
팍팍했던 여정 대신해 오순도순
모닥불 지펴준 아내 있어 행복했습니다

눈보라 몰아치는 밤 침묵하여도
四君子 치는 향기로 소통했고
갈비뼈 하나 빼준 것밖에 없는데
천년 이끼처럼 차분히 앉아
자리 지켜준 아내 있어 행복했습니다

오랜 투병 끝 눈 감으며

마지막 아내 손 꼬옥 잡고

엄마…? 라니…?

아내는 어머니의 화신이었습니다

*고 진을주 선생님의 10주기를 추모하며

코스모스 편지 · 2
- 먼저 간 친구를 생각하며

걸레통엔 금방 비틀어 짠 걸레가 담겨 있어야 했고
관사 긴 마루는 까치발로 겸손해야 하고
정원엔 양심 누고 간 새똥 용납 못해 빗자루 세워 놓고
초청한 손님 접대 깔끔하고 오달지게 마무리
맞춤처럼 옷 짓는 솜씨
이런 시집살림 다 해 냈어 검사장님 댁 외며느리 자네는

탁 트인 푸른 하늘에 일렁이는 코스모스 물결
그녀의 꽃
겉으론 여리어도 웅숭깊은 내공으로
포실한 가을 거두는
큰집 아씨였어 자네는…

손톱 싸라기

엄지에 하얀 싸라기 떴다
손톱 밑 아치에 걸쳤다가
어느새 중천에 떠올랐다

어릴 적 종종 생겼다가 없어지곤
튼튼하게 자라는 표시니라고
어른들은 말했지만 없느니만 못하다

2차 대전 막바지
콩깻묵과 시커먼 납작보리 배급 받은 때
어느 날 바구미가 자시고 난
쌀눈도 영양도 다 부스러진 묵정이 싸라기 쌀
소승小升 한 되쯤 받아왔다.

이건 밥도 아니고 죽도 아닌 밍밍한 풀떼기 맛
나 안 묵어, 나 안 묵어, 떼쓰던 그 여름
묽은 간장 떠 얹어주며 묵어봐라 묵어봐라 빌던 울엄마
손톱 자를 때마다 일 밀리씩 오르다 사라지겠지만
손톱 싸라기가 그렁그렁 옛 기억을 불러낸다

와중渦中에 사라진 남자

깡다구 세고 의기양양한
못하는 운동 없는 만능 출람出藍*
여수 만성리(해수욕장)에서 남해 섬까지 너끈히 갔다 온다고
─니가 조오련이냐?
여럿 만류에도 큰소리 땅땅 무자맥질

해가 지고 달이 기울어도
일그러진 영웅심 감감 돌아오지 않았다

그 어머니 죽을 때까지 그 누이들 시집도 가지 않고
어딘가에 기다리는 만신창이 넋이라도 건지겠다고
점쟁이란 점쟁이 복채만 뜯기고
집 팔아 무당굿 동네방네 들썩거려
남해 바다 왕복 백리를 헤매고 다녔다

바다는 말이 없고 수면은 잔잔하나
물밑 유속流速은 가늠도 못해
소용돌이 와중渦中에 사라진 남자

만성리 해변 검은 모래** 위에 찍힌 수많은 흔적들은

초속 2~3미터 이안류離岸流에 밀려왔다 밀려갔다

* 青出於藍
** 여수 만성리 해변 모래는 검은 색임

허무

玉川里서 楮田里로 흐르는 냇가
높은 축대 위에 궐처럼 솟은 한옥 담장에
임금님이 사랑했던 아름다운 능소화 피고
넓은 대청마루와 아름드리 통나무 기둥
콩댐 들깨댐으로 반지르르 눈부시던 집

친구어머니는
세모시 적삼에 옥잠을 꽂고
어린 딸 친구도 내 집 귀한 손
유과와 과줄 다반茶盤에 받쳐 대접했다

집이란 그 안에
사는 사람 모습 따라 품격이 다르듯
나도 커서 이런 집에 저렇게 살고 싶다
꿈 꾼 적 있었다

고향 떠나 수십 년
그 때 그 집 생각나

앞장서는 발길 따라
고색창연 의연한 고전古典 바람은
아, 허사였다

폭삭 꺼진 빈 터에 잡초만 키재기
풀벌레 슬픈 가락 고향무정 탄금소리
허무한 마음 오지랖에 가무리고
덧없는 배회길 돌아섰다

그러구러 또 수십 년
뜻밖에 용인 민속촌에 팔려 간
-전남 순천 저전리 장○○ 고택
빛바랜 거푸집을 견물見物로 내놓은
묵은 세월이 거기 와 있었다

담장 높은 집

높은 담장 위에 탱자나무 가시 올려
요새처럼 두른 저 안에 누가 살길래
범접할 수 없는 위엄이 으르대는가
어느 날 여고 선배언니가 거기서 나온다
저 언니 여기 사는구나
학교에서 늘 좋은 언니, 손잡아 끈다

비가 와도 흙탕 튀지 않는 넓고 고운 마당
왼쪽엔 긴 행랑채 오른쪽엔 재산관리 사무실
검은 토시 낀 직원 몇이 열심히 주판 튕기고 있었다

두 번째 문으로 들어간다
거대한 곡창과 산 같은 털지 않은 볏가리
세 번째 중문 안에는
널따란 채마밭에 오얏나무 꽃피고
배추꽃 장다리꽃 결명자 노란 꽃길 지나서

네 번째 솟을대문에 들고서야

목련 봉긋 등 밝힌 동양화 궁실
섬섬옥수 마님이 반짇고리 밀쳐놓고 새소리 듣고 있다
지방 토호*(3代)의 소실小室 댁, 선배언니의 언니란다
출중한 미모에 풍기는 기품 선경仙境에서나 보는 신비의 여인
높은 담과 사중 문을 통과해야 닿는 가깝고도 먼 아방궁 같은
한 사람을 위한 한 사람에 의한 한 사람만의 밤이슬 샛길

선배언니는 서울 유학해
여의女醫가 되어 금의환향했다.
천추에 잊지 못할 그 해 여름 6.25
폭격 맞고 박살나고 생사소식 끊겨
흥망성쇠가 한 순간 가뭇없이 사라지고 빈 터
하릴없이 의문 하나
풀잎처럼 가난한 내가 그녀 마음에 무엇이었길래
높은 담장 비밀을 보여줬을까

대신 쓴 연애편지

양귀비 자태 매력녀 친구
어금버금 걸맞는 명문가 청년의 사랑고백에
은밀히 내게 와 속마음 털어놓고 답서 하나 근사하게
써 달라 귀 설은 청을 하니 어쩌랴

나를 벗고 그녀가 되어야 하는 작업은 어려운 생고생
미사여구 글감 모아 장문의 시 같은 걸 써 봤지만
왠지 마음에 혼란만 요동쳐 휴지통에 구겨 넣어 버리곤
방향을 바꾸어 쉽고 편한 언어로 진심을 담아
될 일 잘 되라고 건네주었다

야~ 명문이다~
엄청 좋아하더라

소문나면 훈육실에 불려가고 혼인길도 막혀
짬짜미 일급비밀 자존심 사수하자
손가락 걸고 엄지 찍은 두 공범자

세월은 흘러 본말 다 사라진 파파幡幡 맘 되어
이제 누가 알든 모르든 무슨 대수랴만
아니리 아니러라
내 입술에 아직 파수꾼이 지키고 있어

말에도 향기가

학창 떠난 지 얼마만인가
마침, 내 시집 하나 선물 주었다
팍팍한 일상에 상처 있다면
더러는 잔잔한 위로가 되리니

-어인 시집?
그런 재주가 있었니?
말본새 고약하다
순간 된 멍 맞고 우물쭈물 말문 막혀
돌덩이가 되어버렸다

난세를 타고 난 우리 또래
절박하고 지친 삶 속에서
각기 다른 궤적 그리며 산 것 맞지만
심지만은 밸밸 꼬이지 말아야

문학소녀 옛 기억해 줄 거란 착각
나의 오만함 부끄러워하며

잠시 숫구친 분기憤氣 삭히기로 했다

만고에 썩지 않을 바른 말 고운 말
마음껏 쓰고 써도 무량대수
동토도 녹이고 차꼬도 푸는데

패려궂은 말로 마음 상케 해서야
말에도 향기 있다

운명은 순간마다 · 1

세 살 때 한 쪽 부모 여의고
삼간초옥에 고적한 홀어미와 어린 딸
엄마는 앓던 심장병이 나날이 깊어 가고

읍내 장터 국밥집 고모님은 살짝 얽어
5일장에 몰려오는 장꾼들에게
따끈한 국밥과 갓 빚은 막걸리
소담한 인심에 마마자국마다 꽃이 만발
배에 찬 염낭이 늘 빵빵했다

길 건너에 기라쿠(喜樂)라는 일인日人 요정에
기생 하루코(春子)상이 나를 양녀로 주시면
日本에 데려가 공부시키고 잘 키우겠다나
―딸내미 고아 맹글지 말고 주어라!
거드는 냉갈령 고모가 한 술 더 뜬다

참았던 울엄마 울화통 터뜨린다.
―잘 키워봤자 기생 밖에 더 되겠소

운명은 내가 골라 가릴랑께 걱정 마시오!
살차게 일갈 퍼붓고 엄마는 쓰러지고
다섯 살 어린 것은 옆구리에
도꼬마리처럼 달라붙어 떨어지지 않았다

운명은 순간마다 · 2

가난한 마을 찾아다니며 눈병 고쳐주고 홀연히 떠나는 안
眼의원 高생원
병든 울엄마 한눈에 보아 장기요양 치료하라 권하며
알선해 준 곳이 곡성군 석곡면 운월치 재 너머 산골 최○○
한의원(요양원)

최 원장님은 내川 건너 넓은 들 부농 출신,
타고난 박애심 선계仙界에서 오신 분 같아
섬세한 손길로 혈을 짚어 침놓고 용하기로 소문나
몸과 마음 아픈 사람 물어물어 찾아와
거문도 훈장 어른도 속병앓이 삼년 만에 나아 돌아갔다
뜰방에는 숯불화로 약탕 줄줄이 부채질로 다리고
방마다 외꽃처럼 누렇게 뜬 얼굴들
소형작두로 밤낮 약재 써는 보조 의생과 수시로 돌며 살펴주며
온 골짝에 약내가 무르익은 산과山果처럼 향기로웠다

맑은 물만 가려 사는 돌 밑에 찡거미 가재
옥수에 머리 감고 멱 감고

무지개다리 건너 물방아 가을걷이 찧는 소리
소쇠한 대숲 울에 참새 떼 새벽을 열면
부지런한 종다리 아지랑이 타고 영롱한 노래
눈 오는 밤 뒤란에 고라니 산토끼 내려와
실경 뒤엎고 간 아롱다롱 도생圖生들의 발자국
심산유곡 정기 받은 산채와 토란잎 진주 이슬은
절로 절로 보혈보제補血補劑 처방이었다

산골 사계四季는 꿈같이 피고 지고
이러구러 두 해 지나
벚꽃 한창 봄날에 고향집에 돌아갈 수 있었다
죽은 목숨 살려주신 공효功效, 하해 같은데
떠나올 때 천년초 만년초 보약꾸러미 안겨주며
─잘 가시게, 잘 사시게─
울애기도 학교 들어가 공부 잘하고 잉…
세상엔 다시없을 太古의 仙境에서 신선님 만나
받은 영험 얻은 효험 사랑과 은혜
고적한 모녀의 평생의 보약이었다

운명은 순간마다 · 3

콩나물 녹두나물 노천장에 나가 팔고
질화로에 인두 꽂고 옷감 펼쳐 치수 재며
밤새워 바느질 품 우리 어머니
맡아놓은 옷감에선 주단집처럼
비단 냄새 온방에 분粉통처럼 향기로웠다

껌정 깡동치마 단발머리
전갑숯甲에 일등만 하던 내가 부러웠던 한 가지
아빠가 출장갔다 사준 원피스 입고 뽐내던 동무 곁으로
우르르 몰려가 나만 왕따 되었을 때
옷 따위가 아닌 아빠라는 존재였다

세상이 온통 역겹고 슬퍼만 보여
보墮터진 울보 사춘기
누구나 시인 감상의 계절

　　비
　비가 옵니다

마당에 강아지풀 좋아서 신납니다
아빠 없는, 중학교 못 보낸다는
어머니 말씀에 종일 울었습니다
반 애들은 남아서 입시공부하는데
나 혼자 집에 와 너무 심심해
하릴없이 기스락 물만 쳐다봅니다

처음 쓴 동시였다

운명은 순간마다 · 4

―윗 핵개는 머덜라고, 해뱅 되씅께 인자 조선이여
귀밑머리 땋고 얌자니 있다 시집 가야제
뚱딴지 소리 앞집 밉상 옥이할멈 충동질
그 집 딸들 맹추와는 천양지차 나인데
밥술이나 먹는다고 업신여기나
귀 후벼 털어버리고 싶었던 엉터리 그 말

원서 접수비 5백 환을 뒷집 오야마 언니께 몰래 꾸어
도장방 목발 아저씨 무료로 새겨주신 목도장
난생 처음 내 얼굴 인주 묻혀 원서에 꾹 찍고
허겁지겁 아슬아슬 입시장에 갈 수 있었다

꿈에 그린 교복 입고
닥나무골* 개구리 코르 논길 지나
교문에 목련화** 벙긋 눈 맞추고
꽃말 품고 고상한 척 교실에 들면
금세 방앗간 새떼처럼 웃고 떠들고

한창 꽃 시절 전쟁(6.25) 터지고 뿔뿔이 흩어져
몫몫의 삶으로 세월은 멀리 가고 멀리 와 버렸다
동창모임 중로中老들 지난날을 어제인 양 수다가 만발
너 아직 미목眉目 요요姚姚하구나, 넌 단아하고 품행 요요了
了했었지
손에 손 잡고 또 만나자 또 보자 교가 합창 마무리
저세상 가서도 메시지 주고받자 스마트폰에 번호 찍기 부
산했다

      *楮田里
      **校花

— 노을이 아름다울 무렵 —

4부

유유도일悠悠度日 물 마시며

삽만 대면 샘이 솟고 골짝마다 돌물소리
굽이굽이 여울목에 옹기종기 깃드는 삶 푼푼하고
유구한 역사 거느리고 도도히 흐르는 가람
우리 몸은 물 좋은 생물처럼 파닥이며
물 만났다 헤픈 손 물 쓰듯 하네

심술 몽니 전혀 없으신 님께서는
무슨 까닭으로 사막을 두셨을까
고수머리 대꾼한 눈망울 가릉가릉 어린 것 보에 걸메고
수십 리 밖 웅덩이 찾아 목 타는 물 한 동이
마른 골풀 같은 아낙네 행렬
표정 없는 순종이 침묵 이고 노을 업고 가네

오기 샛바람 더욱 없으신 님은 무슨 까닭으로
바다 경계 건너편 모래밭에는
꼬챙이만 꽂아도 황금이 솟구쳐
물을 황금 쓰듯 하지 마라 역설逆說을 퍼 올리네

사랑 제일 꼽으시고 공정 으뜸 거머쥐신 우리 님
갈증 없는 샘을 골고루 보냈을 것 분명
심부름꾼 천사가 까마귀 만나 해찰하다 까먹었을 거야

세상은 풀 수 없는 헝클어진 실 뭉치
헤매더라도 묵시록 장 열어 켜켜이 손톱 드밀면
요한* 선생, 답 하나 내주실까

*요한계시록 저자

노을이 아름다울 무렵

배터리가 다해 글이 나오지 않고
풀리지 않는 엉킨 실꾸리같이
머릿속 해마가 핏줄 가로막아 멍멍해
천장이 빙빙 도리질 칠 때
정신 도둑맞고 주위를 놀라게 한다
이오 이오 노란 차가 출몰할 때
울긋불긋 정체불명 물체들이 춤을 춘다

내 주는 강한 성
님의 능한 팔 간절할 때
초고속 철로 타고 종착역에서
신발 벗고 뛰어 내릴 쯤
어디선가 디이잉 으스름 가르는 종소리
붉은 노을이 아름다울 무렵

선한 이웃

요란한 계절풍에 짓밟혔나요
아니 무법자 날강도에게 당했군요
피투성이 막다른 길 손길 간절한데
지나가던 점잖은 제사장도
별을 헤는 박사님도
치렁치렁 긴 비단옷 걸친 토호도
—아니오 —모르오 —바쁘오
거절에 대한 두려움에
더한 상처 안겨 주었네요

지니는 괴나리 허름한 촌 나그네*
따스한 밥 지어 담아주듯
두 손으로 퍼 담아주듯
기울여 찍어내도 솟아나는 샘처럼
고이고 고이는 손끝 정성 싸매주고
예— 기다려요— 부비附費 마련 걱정 마오
이 한 말미는 사랑의 알파와 오메가에요

*신약, 선한 사마리아인

89

고독

갑자기 랍비*라고 나타나자
저 자는 원래 촌뜨기 목수 아들 아닌가,
지가 뭔데 제자까지 거느려?
마을 사람 친척들이 미쳤다고 소동하네(마가3:21)

가난한 살림의 맏이
곳곳에 가엾은 탄식소리만 들려
아득히 깊은 생각에 평생 한 번 웃은 적 없고
멸시와 조롱에 미간 주름 세운 적 한 번 없네

사람은 많아도 사람다운 사람 볼 수 없네
홀로 외로이 기도하는 골방에서
나라가 스스로 분쟁하면 그 나라가 설 수 없고
집이 스스로 분쟁하면 그 집은 망하니라(마가3:24~26)

겟세마네 언덕에 홀로 엎드려
땀방울 뚝뚝 떨어져 핏방울
갈보리 산을 울린 기도소리

엘리 엘리…**

지금도 귓가에 메아리쳐 오네

* 先生
** 하나님 하나님

기도

어려울 때 찾는 님
아쉬울 때 매달리는 님
창세부터 그러라고 하셨음이니
우리는 당신의 형상대로 지음 받았지만
결코 당신과 같을 수 없어
넘치게 주신 사랑 당연하다고
창문 열고 큰 소리 더 달라는 뻔뻔함
내 잘못을 따지며 발꿈치 응석배기
기다림 서툴러 익기도 전에
흔들어 내놓으라 떼쓰는 무례함
부처도 용서는 세 번뿐인데
일곱 번을 일흔 배라도
용서하시는 고마운 님의 말씀
어찌 내가 무슨 낯을 들고 뵈올까요

입동

궂은비가 입동치레 장만합니다
낙엽 발목 적시는 길
오색찬란했던 영화를 밟고 갑니다

철 늦은 우레
하늘을 찢고 쪼갭니다
회오리도 함께 와서
가랑잎 남은 잎새 지라시처럼 날립니다

세상 바뀔 때는 심판의 나팔소리
먹구름 저쪽에서 연신 벼락을 때립니다
우산대 꽉 잡고 가리려 해도
진塵 더미 낱낱 죄가 뒤집혀 나옵니다

흔들리는 계절 문턱 너머에서
뜬 구름 헛배 불린 허물 벗고
영혼의 눈 깨우는 요란한 알람시계입니다

천국

뼈를 깎고 살을 발라 일궈낸 선대의 음덕에
흥청망청 살맛났다
동류 망령 끼리끼리
짱! 위하여!!
진탕 퍼마시고
서로 잘나 멱살잡이
천길 나락奈落으로 곤두박질친다

산비탈 그늘막
몸부림에 얻은 시급 알바도
일복이라 황감해
일당 받아 한달음에 달려간 집
삼겹살 연탄불에 구워
상추쌈에 볼 터지는 꼬마둥이들
바라만 보아도 배부른
아비의 천국

섣달 그믐날

걸음걸음 자로 재며 저울 눈금 살피며
참참이 연륜이 쌓이는 동안

아뿔싸!
세월은 뜀박질로 따라 마서 앞서 간다

하현달은 수줍다 서산 넘어 얼굴 감추고
가지 끝에 간당간당 남은 잎새 흔든다

웅성대는 도심 거리
무리 속에 외로움이 휘몰아치고

섣달 그믐 저문 날
돌아보는 고갯마루에서

누굴 위해, 몇을 위해 나를 썼는가?
무릎은 꿇기 위해 주신 것

—됐다, 다 안다
가슴에 울려오는 온유하신 님의 음성

기도 · 2

님은 귀가 밝으신데
고래고래 아뢰야만 들으시는가

하늘 가 먼 곳에 있지 않고
한 자 가까운 양심 안에 계시네

바쁘다고 대강대강 두루뭉술 넘지도 않고
구덩이 깊숙이 감춘 죄 덩이도 살피시며

천벌만 내리시는 무서운 분도 아니요
사랑과 용서가 창수滄水로 넘쳐나네

인간의 슬픈 사련邪戀 상처가 나도
나무라지 않고 측은히 여겨 쉬게 하시며

낙엽에 불붙듯 성급하지 않으시고
가뭄 끝에 단비를 기다리게 하시는 님

나의 기도 시간에

운명은 순간마다 · 5

끌밋한 외모로 그는 반점半點 먼저 따갔네
어질고 착한 반점半點은 내 몫 내 차지
비로소 온 점 찍은 운명의 순간

순풍에 범선帆船 놀이였을까
바람은 언제든 뒤집기도 하는데
뿔 빠진 푸서리 땅에 기를 쓰고 접안해
끈진 힘 다하여 꽃 피우고 열매 가꾸었네

어느 봄날
혹!
민들레 홀씨 따라
바람 결 구름 결 멀리 멀리 가버렸네

지난 날 함께 걷던 공원 거닐 길
신발에 끌려가는 엇비슷한 사람에 눈이 가네
아련하고 아릿한 뒤안길 마음이 가네

나 아직 안 죽었어

쉰에 암 걸려 의사도 손 뗐다
주여! 주여!
우리는 모두 둘러앉아 기도 외는 없나니
기적이든 이적이든 보여 주소서…
엎드려 한 목소리 외쳐 빌었다

神과 교통한다고 교만 부리는 한 집사
이미 틀렸다는 묵시 받았으니
주님 앞에 새 옷 갈아입어야 한다
이리저리 고물에 떡 굴리듯 굴리며
팔을 소매에 오도독 꾸겨 넣는다

―아파요! 나 아직 안 죽었어!

실낱같은 생의 처절한 절규

양악兩顎에 아려오는 거위침을 삼키며
죽어도 사흘은 기다리는 신이시여

무례한 인간 용서하소서

남겨진 우리에겐
그녀는 아직 죽지 않았어
우리 가슴에 함께 살고 있어

버커리들

수첩을 정리하며 빨간 줄 여럿 지운 후
오래된 번호지만 닿은 한 친구
옆 책상에 앉았던 나를 전혀 모르네

나카요시 고요시*로 소문났던 짝꿍
재개발에 이사한 주소를 묻자 횡설수설
저 사는 집도 모른다네

출퇴근 같이 했던 어찌 어찌 만난 친구
묵은짓 짠짓 별별 소리 다 해도
성형한 것도 아닌데 니가 누구니?

지방 명문 고녀 출신 맞는가
비웃지 말지니
너나 나나 다 버커리들

*친한 사이를 이르는 말(日語)

100

가을하늘

- 4행시

가　　가슴들이 가슴을 아프게 하네
을　　을이 있어 갑이 된 줄 어찌 모를까
하　　하르르 하르르 꽃잎 피고 지는
늘　　늘 봄 그리다 지친 삶도 있으리라

가　　가을 저녁노을 등에 업고 가는 철새
을　　을씨년스런 마음 어디 나뿐이랴
하　　하 세월 둥 둥
늘　　늘보처럼 떠가고픈 맘 어디 나뿐이랴

가　　가을 바다 뜨는 달은 크기도 해라
을　　을왕리* 억새는 멀대처럼 서서
하　　하늘 끝 물 끝
늘　　늘씬한 팔로 달 얼굴 쓰다듬네

*인천 용유도

어린이는 부모의 거울

승강기 같이 탄 초등 어린이
먼저 내리며 배꼽인사 한다
오, 착한지고. 감동하고 칭찬한다
어린이는 부모를 비추는 거울

오면 가면 인사 잘한 어릴 적 떠오른다
동네 어르신 구장님
호, 싹수 있도다. 뉘 집 딸인고
내 평생의 긍지요 금언이었다

山菊

어머니 만나러 가는 산소 길
먼저 나와 반겨주는 노란 산국
갈바람에 흔들리는 울어머니 얼굴이다

뼛속까지 우려낸 들꽃 향기는
사각사각 풀 먹인 무명옷 울어머니
눈물범벅 내음이다

슬픔도 외로움도 가난함도
뉘 앞에 띄운 적 없는 평생
서릿발 순응의 들국화였다

웃는 듯 우는 듯 쓸쓸한 미소는
눈물까지 빼주신 울어머니
한 생의 철학이요 詩였다

9순 연치에 거둔 풍성한 추수, 그리고 감사하는 마음

— 최전엽 시집 《노을이 아름다울 무렵》의 시세계

김 재 엽
(문학비평가, 정치학박사)

1. 시심의 근원; 시에 대한 감사의 믿음

　최전엽 시인의 다섯 번째 시집 《노을이 아름다울 무렵》의 원고를 정독하면서 평설 방향을 설정하기 위해 고민을 거듭하는 중에 인터넷에서 우연히 필자의 마음에 불을 켜는 듯한 논문을 만났다. 바로 '한국 현대 메타시 연구' (고시영, 2010년 울산대 석사논문)이다.

　1980년대 후반 포스트모더니즘 시대로 접어들면서 우리 시단에는 '문학의 고갈 위기' 속에 더 이상 재현할 현실이 없다는 인식 아래 시인들이 시 자체로 시선을 돌리면서 메타시(meta poetry)가 급격하게 늘어났다는 것이 일반적인 시각인데, 시 쓰기에 대한 반성과 우리 시단에 대한 반성의 의미에서 부각된 부류의 시라고 보는 것이 바람직할 것이다. 무엇보다 종래의 시문학에 대한 반성이 시 쓰기에 대한 성찰로 이어졌고, 그것을 시인이 의식적으로 시로 표현하는 '시에 대한 시 쓰기' 즉 '메타시'로 표현되었는데, 시가 무엇인지, 시인이 어떤 존재인지에 대한 의문을 던지며 나타난 시, 더 나아가 다른 시인과 문단에 대한 비평적 탐구가 담긴 시, 창작과정이 그대로 드러나거나 독자에 대한 고려가 담긴 시, 언어에 대한 시인의 자의식이 표현되거나 매체에 대한 성찰을 주제로 쓴 시, 그리고 자신의 시든 타인의 시든 다른 시를 통해 새롭게 시를 완성하거나 돌아보는 시, 더 나아가 타 장르 패러디를 통해 형식적 실험을 시도하는 시 등을 상술한 논문이다.

'시란 무엇인가'에 대한 존재론적 물음이 담긴 메타시는 시에 대한 성찰과 함께 시인의 시작 태도로 이어지고 있어 의미 있었고, '시인이란 어떤 존재인가'에 대한 물음은 '시인'으로 살아가는 운명에 대한 성찰의 의미가 담겨 있으므로 자기반영성을 띨 수밖에 없으므로 이것은 곧 시대를 살아가는 시인이 어떤 역할을 해야 하는지에 대한 성찰이 내포되어 있어 매우 중요하게 인식되었다. 아울러 '다른 시인과 문단에 대한 비평가로서의 시인'의 역할을 담고 있는 메타시는 무엇보다 우리 시단의 흐름을 짚어볼 수 있는 좋은 자료가 된다는 점에서 매우 의미 깊었다.

특히 메타시의 문학사적 의의로는 '시 쓰기에 대한 반성'과 '시 쓰기 방향에 대한 제시', 그리고 '새로운 양식의 확대'와 '시 교육과의 접목' 등으로 요약되었는데, 시 창작에 임하는 시인들은 누구나 어느 정도 느꼈을 법한 사유임에도 불구하고 '문학의 고갈 위기'에 시가 무엇인지, 시인이 어떤 존재인지에 대한 의문이 어느 정도 해소되어 평설의 갈피를 잡기 위해 고심하던 필자의 머릿속이 한결 가벼워졌다.

사실 최전엽 시인은 필자가 『지구문학』 창간호(1998, 봄호)부터 제작을 수행해 옴으로써 2006년도의 등단에 이은 개인시집 《順天命으로 살지라》(2010), 《자작나무 숲》(2014), 《오솔길 헤쳐 나온 바람과 함께》(2019) 등을 직접 제작 출간에 관여하게 된 결과 작품을 통한 만남에서 최전엽 시인이 일군 시의 세계를 번듯하게 구축해야 할 임무 또한 찾게 되었다.

그리고 '시인의 말'을 곱씹어 보았다. 형식주의 논자들은 작가의 위대한 사상이나 정서가 곧 그 작품에 직결되는 건 아니라고 보았으나, 그러함에도 때로는 작품의 진실에 도달하는 데 시인의 창작 배경과 의도를 살펴보는 일이 큰 도움이 될 때도 있다. 무엇보다 '아하!'라는 감탄사가 나올 만큼 시인의 의도와 작품 결실을 등식으로 연결할 때 더욱 그렇다. 아마도 최전엽 시인의 시를 읽을 독자들이 이런 순간을 맛보지 않을까 미리 짐작해 본다.

이를테면 그의 '시인의 말'에서 "천학비재한 제가 열정 하나로 9순 나이에 거둔 초라하지만 풍성한 추수라 생각하면서 나름 감사와 기쁨이 넘칩니다"라는 대목을 읽은 뒤 시를 읊고 음미하면 왜 시인이 뒤늦게 시단에 오르고 치열하게 시 짓는 일에 정성을 바치는지 훨씬 더 깊이 이해할 수 있을 것이다. 어찌 보면 이 문장으로도 이미 최전엽 시인이 구축할 시적 세계의 모양과 빛깔을 어느 정도 가늠할 만하다. 그토록 인생의 결실이 풍성하게 느껴지는데 어떻게 시로 풀어내지 않고 감사하는 마음과 기쁨을 가라앉힐 수 있겠는가, 또 그 풍성함에서 무엇이든 시가 되지 않겠는가 하는 믿음이 절로 생겨난다.

시적인 표출로 토로한 그의 언사는 시만큼 우리의 마음을 움직이게 하면서 시인이 펼쳐나갈 시의 방향을 가늠하게도 하여 그야말로 시집의 이정표 역할을 단단히 한다. '멀리 삶의 주변을 서성이며 낮은 곳에서 마주친 하찮은 것들을 사랑하며 깨달'은 소중한 현실 인식, 시 짓기와 작품을 통한 자기 정화 의식, 저녁노을을 바라보면서 성찰하는 존재 인식과 자존감, 그리고 감각적인 표현들에서 시인이 추구하려는 시적 세계의 주된 빛깔이 집약적으로 드러난다. 말하자면 마음에 고여 있는 정서의 모호성을 구체적으로 형상화하려는 창작의식이 충만해 믿음성을 더한다. 이와 같은 최전엽 시인의 창작의식을 내세워 그가 심은 시심의 꽃대에서 어떠한 시의 꽃들이 피어날지, 앞서 언급한 '시에 대한 시 쓰기' 형식인 이른바 '메타시'를 통해 최전엽 시인의 시를 미리 가늠해 본다.

풀밭에 눈 박고 뚫어지라 찾는다
풀냄새 코 박고 네 잎 행운 찾는다
작은 손수레에 대빗자루 들고
단지 마당 쓸고 가는 미화원 아저씨
"네 잎짜리 찾았시유~?"
오, 그 아저씨 詩人이시다
수레에 詩 한 수 쓸어 담고 가신다

- 〈詩人〉 전문

위 시 〈詩人〉에서 관조자 '미화원 아저씨'를 통해 최전엽 시인의 시관(詩觀)을 엿볼 수 있는데, 사람들이 '풀밭'(자연)을 살펴 삶의 의미, 또 삶의 여로에서 행운을 찾아가는 것에 빗대어 시의 탄생 근원을 읊은 것이다. 특히 대화체가 등장하는 타 장르 패러디를 통해 형식적 실험을 시도하는 의미에서 "네 잎짜리 찾았시유~?"에 주목하게 되는데 그것은 시 형식 또한 시를 짓는 가장 중요한 질료이기 때문이다. 말하자면 최전엽 시인의 '마음 밭에서 일구어낸 시' 형식을 전제로 일상의 언어들을 삶이라는 용액에 담금질해 '작은 손수레에 대빗자루'가 '시 한 수 쓸어 담'는 결과를

창출한다는 것이다. 아무튼 시인의 마음속에 깃들어 있는 시심을 소환하여 일상과 관련된 시의 씨앗을 그 마음 밭에 심어 싹을 틔우면 마당 쓸고 가는 미화원도 좋아할 만한 예술적 세계로 변화된다고 믿는 것이다. 요즘 예술의 실용성을 강조하는 측면에서 점점 높아지는 자본주의의 파도에 밀려 소외되는 예술의 입지를 넓히려는 적극적인 의지가 엿보이는데, 최전엽 시인도 시를 짓거나 읊는 과정에서 예술의 실용성을 찾는 것으로 여겨진다.

2. 저녁노을을 바라보며 파종을 도모하는 심리; 존재론적 자아성찰

　시인은 이런 행운의 네 잎짜리가 존재하는 '시인의 풀밭'을 우리가 꿈꾸는 아름다운 세계이자 궁극의 이상향이라고 암시한다. 여기서 문득 '무위자연'을 강조한 노장사상, 또는 '자연으로 돌아가라'고 주창한 루소(J. J. Rousseau, 1712~1778)의 말이 떠오른다. 온갖 분열과 갈등과 싸움이 끊이지 않아 한없이 어지러운 사회 현상이 모두 인위에 의해 저질러지는 병폐이므로 이를 극복하기 위해서는 인위를 버리고 자연에 유합되어야 한다고 강조하는 게 노장사상의 핵심이다. 이와 함께 루소가 강조하는 자연은 단순한 자연을 넘어 세상 전체의 원초적 질서를 뜻하며, 특히 인간의 타고난 성향, 곧 '본성'을 가리킨다. 그러니까 이들 사유의 핵심은 아무것도 하지 말라는 게 아니라 지나치게 억지로 자아를 왜곡해 남을 공격하여 갈등과 분열을 조장하지 말고 타고난 착한 성정 그대로, 다시 말해 자연과 같은 모습으로 사는 삶을 지향하도록 하는 것이다.

문학의 여러 갈래 가운데 서정적 양식으로 갈라지는 시는 자아성찰을 위한 예술적 거울이고, 시인 스스로 자기다워지려는 영혼의 울부짖음이자 자아를 증명하려는 처절한 존재론적 몸부림이다. 서정적 양식 중에도 서정시로 일컬어지는 최전엽 시의 상당수가 그런 빛깔과 향기를 더욱 짙고 강하게 품고 있다. 사실 따지고 들면 어떤 시든 결핍된 자아 또는 그 집합체인 우리의 존재와 현실 상황을 인식하고 궁극에는 그 대척점인 꿈의 세계를 그리는 방향으로 열려 있게 마련인데 그 출발점이 바로 성찰이다. 결국 시가 탄생하는 심리적 구조는 대체로 성찰하고 반성하며 미래를 지향하는 단계로 집약된다. 최전엽 시편들도 기본적으로 이 구조로 이루어진 작품들이 대종을 이루고 있어 서정시로 분류된다.

배터리가 다해 글이 나오지 않고
풀리지 않는 엉킨 실꾸리같이
머릿속 해마가 핏줄 가로막아 멍멍해
천장이 빙빙 도리질 칠 때

정신 도둑맞고 주위를 놀라게 한다
이오 이오 노란 차가 출몰할 때
울긋불긋 정체불명 물체들이 춤을 춘다

내 주는 강한 성
님의 능한 팔 간절할 때
초고속 철로 타고 종착역에서
신발 벗고 뛰어 내릴 쯤
어디선가 디이잉 으스름 가르는 종소리
붉은 노을이 아름다울 무렵

– 〈노을이 아름다울 무렵〉 전문

　인간이란 태어나는 순간 죽음을 향해 초고속 열차를 타고 달려가는 존재라는 시인의 관점으로 위 시 〈노을이 아름다울 무렵〉을 들여다보면 각 연의 마지막 행 '울긋불긋 정체불명 물체들이 춤을 춘다'와 '붉은 노을이 아름다울 무렵'에서 미묘하고도 모호한 실체를 엿보게 된다. 즉 '이오 이오 노란 차가 출몰할 때'라는 응급의 상황은 분명 비극적인 순간일진데 '어디선가 디이잉 으스름 가르는 종소리'는 새 희망을 안겨주는 희극적인 순간인지 가늠하기 어렵다. 일단 표층에 드러난 '배터리가 다해 글이 나오지 않고', '천장이 빙빙 도리질 칠 때', '님의 능한 팔 간절할 때'라는 표현에 따르면 존재의 말로를 형상화하려는 것으로 보인다. 그러함에도 앞뒤의 맥락에 잇대어 다시 살펴보면 '종착역에서／ 신발 벗고 뛰어 내릴 쯤' 에 들려오는 '으름 가르는 종소리' 는 반드시 비극적으로 생각할 까닭이 사라진다. 다만 무언가 새로운 환경으로의 변화를 암시할 뿐 시인이 직접 표현하지 않은 이 같은 심층에 내포된 의미에 의한 아이러니로 인해 이 시는 새로운 차원으로 다가온다. 이를테면 시의 마지막 행에서 아무 수식도 없이 '붉은 노을이 아름다울 무렵' 이라고만 담담하게 표현하였듯이 존재에 드리운 어떠한 비극도 마침내 그 비극이 대단원의 막을 내리는 죽음의 고요한 순간일지라도 삶의 한 과정으로서 누구나 반드시 공평하게 겪어야 하는 운명으로 받아들여야 함을 넌지시 일러주는 것 같아 울렁거리던 마음이 조금은 잔잔해지는 것이다.

  인생의 저녁이라는 시점에 당도한 어느 누구인들 사위어 가는 노을에 어린 인식에서 완전히 자유로울 수 있을까마는 운명적으로 남다르게 존재를 성찰하고 미래를 내다보려는 시인으로서는 더 깊은 감회에 젖을 수밖에 없으리라.

    씨를 보면 심고 싶다
    그 속에 생명이 있기 때문
    돌 틈에 떨어져도
    내미는 억척빼기 힘이 있기 때문

단지 내 화단 한쪽 봉숭아 씨를 심다
싹이 돋고 잎이 나 정강이 아래만큼 컸다
꽃피고 열매 맺어 톡톡 여무는 날
개미가 물고 가기 전 씨받이 강보에 받아 주리라

드드드 요란한 예초기 소리
마음 켕겨 급한데 승강기는 층마다 정거장
그 사이 잡초로 몰아 싹 쓸어 버렸네

누가 봐도 절로 난 잡생과는 다르고
사람 손길 닿은 것도 분명하게 보임에도
어린 것에 무자비한 전동 칼 휘저었다니

방독면 쓴 인부 중 하나는 아줌마
어릴 적 봉숭아 모를 리 없다
사람이든 꽃이든 키우는 마음은 천상의 마음

씨를 보면 심고 싶다
씨를 보면 받고 싶다

- 〈씨를 보면 심고 싶다〉 전문

　　최전엽 시인은 '요란한 예초기 소리'에 무자비하게 잡초
로 몰려 쓸려 버린 봉숭아를 보면서 '사람이든 꽃이든 키

우는 마음은 천상의 마음'임을 상기하며 '씨를 보면 심고 싶'고 '씨를 보면 받고 싶다'는 상상력을 발휘해 자기성찰의 한 장면으로 그려냈다. 삶의 행태는 꽃과 잡초로 확연하게 구분되는데, 삶의 과정을 성찰한 결과는 이미 예상되는 대로 비극적이다. 만사 행복하기만 하다면 성찰의 필요성을 느낄 겨를이 없듯 시를 지을 이유도 없을 것이다.

아무튼 잡초로 치부된 꽃(봉숭아)을 비극적 차원에서 바라보는 인생 역정을 최 시인은 6연의 기승전결 구조로 조직해서 그가 바라보고 인식하는 삶에 대한 상념이 구조적으로 드러나도록 세심하게 배려하였다. 그만큼 이 시는 감상자도 상당한 주의를 기울여야 진의에 도달할 정도로 난해의 깊이를 지닌다. 특히 삶의 사계절 가운데 결실의 계절인 가을을 사는 자아의 한 모습을 실감하도록 씨앗의 소중함을 내세워 삶의 의지를 그린 점이 돋보이는 작품이다.

최전엽 시인이 9순의 연치에 '배터리가 다해 글이 나오지 않'는 즈음에 상재하는 《노을이 아름다울 무렵》은 비록 몸은 세월을 이길 수 없을지라도 삶의 보람을 수확하는 커다란 기쁨 속에서 얻은 결과물이라 하겠다. 물론 이것은 세속적으로는 인간 최전엽의 나잇값일 테지만 시인의 관점으로 보면 이제까지 살펴왔듯이 시인 최전엽이 시를 사랑하고 짓지 않고는 배길 수 없도록 세상을 믿고 성찰하고 꿈꾼 덕분에 보상받은 열매라고 할 수도 있다. 그리고 스스로

가 천학비재하다고 하면서도 '9순의 나이에 거둔 초라하지만 풍성한 추수'로 여기면서 '감사와 기쁨'이 넘친다는 최전엽 시인의 시 힘에 대한 알뜰한 믿음이 실현되고 있음을 여실히 확인할 수 있다. 부디 그 믿음이 빛바래지 않고 늘 싱싱한 시심으로 푸르게 피어나기를 기원드린다.

노을이 아름다울 무렵

지은이 / 최전엽
펴낸이 / 김정희
펴낸곳 / 지구문학

03140, 서울시 종로구 종로17길 12, 215호(뉴파고다 빌딩)
전화 / (02)764-9679
팩스 / (02)764-7082

등록 / 제1-A2301호(1998. 3. 19)

초판발행일 / 2022년 12월 30일

값 10,000원

E-mail/jigumunhak@hanmail.net

ISBN 979-11-91982-03-9 03810